Peligro en Colombia

Von

Mónica Hagedorn Castro-Peláez

Langenscheidt

Berlin · München · Wien · Zürich · New York

Peligro en Colombia

Mónica Hagedorn Castro-Peláez

Umwelthinweis: gedruckt auf chlorfrei gebleichtem Papier

Zeichnungen: Bartolomé Seguí
Redaktion: Dr. Olga Balboa

www.langenscheidt.de

© 2005 Langenscheidt KG, Berlin und München
Druck: Mercedes-Druck, Berlin
Printed in Germany

ISBN 978-3-468-49293-8

4. 5. 6. 7. * 11 10 09 08

Vorwort

Liebe Leserin, lieber Leser,

ein Besuch bei ihrer Freundin in Kolumbien nimmt eine unheimliche und überraschende Wende. *Doña Carmen* und ihr Hund Fifí geraten in höchste Lebensgefahr: Auf der Rückreise werden sie entführt!

3

Die Hauptpersonen dieser Geschichte sind:

El comisario Carlos Cuervo
Hauptkommissar bei der Polizei. Er ist mit seiner Familie im Urlaub.

Doña Carmen Segura
Die Mutter des Hauptkommissars Cuervo lebt alleine mit ihrem Hund Fifí in Madrid. Sie reist nach Kolumbien, um ihre Freundin Dolores, die dort seit Jahren lebt, zu besuchen.

El subcomisario Pedro Lento
Stellvertreter des Hauptkommissars Carlos Cuervo. In Abwesenheit seines Chefs ist er mit seiner Arbeit leicht überfordert.

María Dolores Mosca Pérez del Castillo
Freundin von doña Carmen. Sie lebt seit vielen Jahren in Medellín, Kolumbien.

Fifí
Hund von doña Carmen.

Marcela
Hübsche junge Frau.

Ein großer dunkelhaariger Mann.

Ort der Handlung: Medellín, Bogotá und Madrid
Zeit der Handlung: Sommer

Capítulo 1

—Pero, ¡qué bonita!, ¡qué belleza! —dice doña Carmen y se acerca un poquito más para mirar con atención una flor de color rosa.

—Ven, Carmen —dice su amiga Dolores—. Mira este ejemplar. ¡Qué color! ¡Qué elegancia!

—Sí, de verdad que es muy bella.

Las dos señoras observan[1] esta vez otra orquídea con flores de color violeta.

Doña Carmen ha venido a Medellín a ver a su antigua amiga María Dolores Mosca Pérez del Castillo que está casada desde hace muchos años con un colombiano exportador de flores.

Esta ciudad colombiana, capital de la región de Antioquía, es conocida también como "la ciudad de la eterna primavera" o "la ciudad de las flores".

La famosa exposición[2] de orquídeas, que se organiza todos los años en el mes de agosto, está llena de gente.

Una hora después, las dos señoras salen de la exposición. Fifí, la fiel compañera[3] de doña Carmen, espera impaciente cerca de la entrada. Con su pañuelito azul[4] al cuello, que es regalo de Dolores, está preciosa. Las tres van a un puesto[5] donde sirven café colombiano.

—Buenas… —dice el camarero—. ¿Qué desean las señoras?

—Buenas —responde doña Dolores—. Dos tintos[6], por favor.

---

1 beobachten 2 Ausstellung 3 treue Gefährtin 4 blaues Tüchlein am Hals 5 Stand 6 in Kolumbien: schwarzer Kaffee

Mientras esperan sus cafés, Dolores dice a su amiga:

–Mañana regresas a España. Han sido tres semanas muy bonitas, Carmen. Te voy a echar de menos[1].

–A mí también me ha gustado mucho estar aquí contigo después de tantos años sin vernos, Dolores. Medellín es una ciudad muy interesante y la exposición de orquídeas me ha encantado. Además veo que eres feliz aquí con tu marido, tus hijos, tus nietos.

–Sí –suspira[2] Dolores–. Mi familia es colombiana. Mi vida está aquí. Pero…, a veces quisiera estar en mi país. El año próximo voy a verte a España, ¿qué te parece?

–Fantástico, Dolores, ¡qué bien!

De repente doña Carmen deja de hablar y mira hacia otra mesita. Allí está sentada una pareja. El hombre es alto, gordo y tiene el pelo y el bigote muy negros. Lleva un traje claro y una corbata roja. A su lado, una mujer joven fuma un cigarrillo detrás del otro. Lleva un vestido rojo y zapatos de tacones muy altos[3]. Está muy nerviosa.

Doña Carmen ha visto que la pareja la mira continuamente.

–Dolores –dice–, vamos a tu casa, por favor. Tengo que hacer la maleta.

---

1 werde dich vermissen   2 seufzt   3 sehr hohe Absätze

Capítulo 2

"¡Qué rápido han pasado estas semanas con Dolores!", piensa doña Carmen en el avión para Bogotá donde tiene que pasar unas horas antes de volver a Madrid.

–He leído que el Museo del Oro es uno de los más famosos e interesantes de América Latina. Como ya he facturado[1] mi maleta en Medellín tengo tiempo suficiente para ir allí –dice doña Carmen y mira a Fifí, su perrita, que parece entender sus palabras.

El avión aterriza[2]. Doña Carmen sale del aeropuerto y va en un taxi directamente al museo.

–Esta vez tampoco puedes entrar conmigo. Es como en la exposición de orquídeas –continúa doña Carmen y acaricia[3] a Fifí que mueve el rabo[4] alegremente.

En el museo puede ver la colección más valiosa y completa de objetos de oro y joyas indígenas[5] de la época precolombina. Está impresionada[6].

Mientras doña Carmen recorre el museo, Fifí la espera atada[7] cerca de la entrada. No lejos de la perrita, una pareja está sentada en un banco. Desde allí ellos ven quién entra y quién sale. Ella es joven y bonita. Lleva zapatos de tacones muy altos, fuma un cigarrillo detrás del otro y está nerviosa. Él es alto, gordo y tiene el pelo y el bigote muy negros. Los dos llevan unas gafas de sol enormes.

---

1 eingecheckt   2 landet   3 streichelt   4 wedelt mit dem Schwanz
5 Indianer Schmuck   6 beeindruckt   7 angebunden

Capítulo 3

En el aeropuerto El Dorado de Bogotá mucha gente camina rápido, lleva maletas pesadas, se saluda, se despide[1], habla por el móvil.

Doña Carmen ha vuelto del museo en taxi y está ahora en una cafetería de la sala de espera. Todavía tiene tiempo de tomarse un "tinto" y de ir a los servicios.

–Fifí, tú te esperas aquí –dice doña Carmen a su perrita delante de los lavabos y entra en una de las cabinas.

Poco después, doña Carmen oye abrirse la puerta de los servicios. Una persona entra. Fifí comienza a gruñir y a ladrar[2].

Doña Carmen sale de la cabina y ve a Fifí muy inquieta[3]. Una mujer se lava las manos. Es la joven del vestido rojo de la exposición de orquídeas de Medellín.

"Qué casualidad…", piensa doña Carmen muy sorprendida[4] y sale de los servicios con Fifí, que gruñe y gruñe.

Poco después se oye por los altavoces[5] la llamada para el embarque[6]:

"Pasajeros con destino a Madrid, vuelo 232, diríjanse a la puerta número 12 con el pasaporte y la tarjeta de embarque[7] en la mano…"

Media hora más tarde, el avión despega[8] con destino a Europa.

---

1 verabschiedet sich   2 knurrt und bellt   3 unruhig   4 überrascht
5 Lautsprecher   6 an Bord gehen   7 Bordkarte   8 hebt ab

Capítulo 4

Después de muchas horas de vuelo, el piloto anuncia el aterrizaje[1]:

—"Buenos días, señoras y señores, aquí les habla el capitán. En veinte minutos vamos a aterrizar en Barajas, el aeropuerto de Madrid. En este momento en la capital española hace una temperatura de aproximadamente 32 grados, cielo azul y vientos suaves.

En nombre de la tripulación y en el mío propio les doy las gracias…"

Doña Carmen ya no escucha más y se abrocha[2] el cinturón de seguridad.

Unos minutos más tarde, doña Carmen baja del avión con Fifí y su equipaje de mano.

En la cinta transportadora[3] hay mucha gente. Todos esperan, cansados y un poco nerviosos, la llegada de las maletas. Unos diez metros más lejos, vuelve a ver a la pareja de Medellín: el hombre alto y gordo, y la mujer del vestido rojo.

"Mmm", piensa doña Carmen. "Ellos también han viajado a Europa. ¡Qué casualidad! No los he visto en el avión. Quizás han venido en primera clase…"

—Bueno, Fifí —dice y mira al animalito que todavía está en su bolso—, pronto vamos a estar en casa. Tienes que tener un poco de paciencia todavía.

Un cuarto de hora más tarde, doña Carmen pasa por la aduana con todo el equipaje.

---

1 Landung   2 schnallt sich an   3 Förderband

–Buenos días. ¿Cigarrillos, alcohol, señora? ¿Tiene algo que declarar? –pregunta el empleado.

–No, nada.

–¿Puedo ver sus documentos?

–Sí, claro. Aquí tiene.

El empleado controla rápidamente el pasaporte y los papeles de Fifí y dice:

–Pase, señora.

–Gracias, adiós.

Doña Carmen sale del edificio de Barajas. Esta vez, su hijo Carlos, el comisario, está de vacaciones con su familia y no puede ir a recogerla.

En la calle hay una fila de taxis que esperan nuevos clientes. El viaje ha sido largo. El equipaje pesa mucho. Doña Carmen se dirige al primer taxi de la fila. En ese momento, un hombre baja rápidamente del tercer coche:

–¿Puedo ayudarla, señora? –dice y toma la pesada maleta.

–Sí, gracias.

El taxista mete el equipaje en el maletero[1] y abre la puerta trasera para doña Carmen y Fifí.

Poco después, el chófer sube, arranca[2] el coche y sale de la fila de taxis con bastante velocidad.

Doña Carmen, un poco sorprendida, da su dirección, pero el hombre no la escucha y continúa su camino. El taxi cruza las calles más importantes de la capital y se dirige a las afueras de la ciudad.

---

1 Kofferraum   2 startet

–Oiga, por favor –protesta doña Carmen inquieta–. Así no se va a mi casa. ¡Pare inmediatamente![1]

El taxista la mira por el espejo retrovisor[2]. Sus ojos tienen una expresión peligrosa[3]. Fifí, que ahora está en brazos[4] de doña Carmen, ladra por la ventanilla.

–¡Silencio![5] –dice el taxista.

El hombre apunta a doña Carmen con una pistola.

–¡Esto es un secuestro![6] Usted tiene algo que nosotros queremos. Algo muy valioso[7]…

–¿Qué…? –pregunta asombrada–. ¿De qué me habla? ¡Yo a usted no le conozco! ¡Imposible!

–¡Quieta o disparo[8]!

El taxista toma ahora una de las carreteras principales que salen de la capital. Ya están en las afueras de Madrid. El hombre, siempre con la pistola en la mano, mira de vez en cuando a doña Carmen. Media hora más tarde, el taxi abandona[9] la carretera nacional y entra en un camino pequeño.

Doña Carmen comprende que es inútil resistirse[10]. Es importante estar tranquila y no perder los nervios. Mira por la ventanilla del coche. Fifí también. Ahora pasan por un pueblo. Doña Carmen no reconoce el lugar. Quiere saber dónde está.

"¿Adónde la lleva el hombre? ¿Adónde van ahora? No puede ser un verdadero taxista. ¿Qué puede tener

1 Halten Sie sofort an! 2 Rückspiegel 3 gefährlich 4 in den Armen
5 Ruhe! 6 Entführung 7 Wertvolles 8 Ruhig oder ich schieße!
9 verlässt 10 zwecklos sich zu wehren

ella? ¿Qué ha dicho él? ¿Algo valioso? ¿Qué?", doña Carmen tiene muchas preguntas. Pero sabe que en este momento es mejor no decir nada.

Capítulo 5

El comisario Carlos Cuervo está con su mujer Pilar y con sus hijos Javier y Jimena de vacaciones en Santander. A él le gusta su trabajo, pero últimamente ha tenido mucho estrés, ha estado muy nervioso, ha fumado demasiado y no ha tenido tiempo para su familia. Pilar está muy contenta. Por fin están todos juntos, lejos de Madrid, lejos de los crímenes, lejos del trabajo de su marido…

Como todas las tardes después de la siesta, los Cuervo salen a tomar algo. Mientras pasean, Carlos piensa en doña Carmen.

–¡Qué raro! –dice Carlos–. Mi madre no ha llamado todavía. Hoy regresa de Colombia.

¡Eso es muy extraño!

–No te preocupes –contesta Pilar–. Seguro que está cansada después de un viaje tan largo. Oye, yo tengo sed. ¿Qué os parece esta terraza?

–Sí, vale. Ahí hay dos mesas libres. Vamos.

–Mamá, yo quiero un helado de vainilla, chocolate y fresas con mucha nata[1].

–Y yo también –dice Jimena–, pero para mí de limón, solamente limón... No, de limón, no, de melón y de chocolate y...

–¡Vale, vale, por favor, chicos, está bien! –dice un poco nervioso–. ¿Qué vas a tomar tú, Pilar?

–Una caña[2].

Cuando llega el camarero Carlos le pide los helados y dos cañas.

–Y ahora, silencio, voy a llamar a Pedro Lento.

Carlos quiere hablar con el subcomisario Lento acerca de su madre. Está muy preocupado[3].

---

1 Schlagsahne 2 kleines Fassbier 3 macht sich Sorgen

Capítulo 6

El subcomisario Pedro Lento es gordito, bajo y lleva gafas muy gruesas. En la mesa, al lado del teléfono, hay un montón[1] de actas y documentos. Pedro está de muy mal humor[2]. Su jefe, el comisario Carlos Cuervo, se ha ido de vacaciones. Está dos semanas con su familia en la costa y él tiene que estar en Madrid. En la pequeña oficina hace mucho calor. El ventilador funciona pero… el aire es tibio y pesado. En ese momento suena el teléfono. Pedro, que se ha quedado dormido, salta de la silla. Quiere tomar el auricular[3] y tira al suelo[4] con gran ruido el montón de actas.

–¿Diga? –grita furioso en el teléfono, mientras intenta[5] con la otra mano recoger los papeles y ponerlos otra vez sobre la mesa.

–¿Pedro? Hola, soy Carlos, ¿qué tal? ¿Pero qué pasa? –dice el comisario cuando oye al subcomisario.

–Nada, nada, jefe. Es que hay mucho trabajo. Interpol nos ha pedido ayuda. Buscan a una banda de ladrones[6] internacionales que está especializada en el robo de joyas[7] valiosas. Esta vez ha desaparecido[8] un collar de esmeraldas[9] de la colección del Museo del Oro de Bogotá. Nadie puede explicarse cómo lo han hecho. El museo tiene un sistema de alarma excelente. Los colegas de Interpol creen que los ladrones han traído el collar a Europa. En los aeropuer-

---

1 Stapel   2 schlecht gelaunt   3 Hörer   4 wirft zu Boden   5 versucht
6 Diebe   7 Schmuck   8 ist verschwunden   9 Smaragdcollier

tos han intensificado los controles[1]. Además tenemos que...

–Oye, Pedro, un momento –interrumpe Carlos Cuervo–. Tengo un problema y necesito tu ayuda.

–¿Más problemas? ¿En las vacaciones, jefe? –pregunta desesperado[2] Pedro Lento.

–Sí, se trata de mi madre. Hoy ha regresado de Colombia y todavía no está en su casa y no nos ha llamado. Es muy extraño.

–Doña Carmen, sí, ¿...y qué más?

–Bueno, que no es normal.

–¡Pero, jefe, por favor! –dice Pedro impaciente.

–Es que ella siempre me llama por teléfono cuando vuelve de sus viajes. Hay algo extraño en todo esto –continúa Carlos.

–Vamos, jefe, tu madre ya no necesita un canguro[3], ¿no crees? –pregunta Pedro con ironía–. Tú, tranquilo. Seguro que tu madre está en casa y duerme la siesta. Ya sabes, el vuelo intercontinental, del oeste al este... pues que la gente tiene... ¿cómo se dice?

–*Jetlag* –explica Carlos.

–Eso, eso mismo. Que duermes cuando no tienes que dormir y no puedes dormir cuando quieres dormir –continúa el subcomisario con su complicada explicación, mientras levanta dos hojas que han caído en la papelera[4].

–Quizás tienes razón, Pedro. Pero, por favor, si ella llama a la oficina, pues...

–Sí, claro, jefe. Pues le digo que tú esperas su llamada.

---

1 verstärkte Kontrollen   2 verzweifelt   3 in Spanien: Babysitter
4 in den Papierkorb gefallen

–Exacto. Gracias, gracias. Hasta luego.

–Adiós –agrega impaciente el subcomisario y recoge la última hoja. Pronto olvida la llamada. Él no está de vacaciones. Interpol necesita su ayuda y su jefe no está y él tiene toda la responsabilidad.

Capítulo 7

El taxi continúa su camino. El lugar es cada vez más solitario[1]. Después de unos minutos, el coche se detiene por fin delante de una vieja casona. En seguida se abre la puerta y de la casa salen dos hombres: uno de ellos es alto y gordo, tiene el pelo y el bigote muy negros y lleva unas gafas de sol enormes, el otro es joven y delgado. Doña Carmen está tan sorprendida que no puede hablar. "El mismo hombre de la exposición de orquídeas de Medellín, el mismo del aeropuerto."

–A ver, señora –dice el taxista con la pistola en la mano.

Fifí salta del coche, luego sale doña Carmen.

–Su perrita es lo más valioso que tiene, ¡ja, ja, ja! –continúa.

Los dos hombres están ahora al lado de doña Carmen.

–¿No nos hemos visto ya? –pregunta ella con ironía y mira al hombre alto de las gafas de sol.

–Cierto, señora. Es usted muy lista. Pero venga, venga, entre usted ahí.

Doña Carmen entra en una gran sala. Hay varios sillones y un sofá, una mesa, un televisor y en las paredes varios cuadros. En uno de los sillones hay una mujer sentada. Fuma un cigarrillo detrás del otro. Cuando doña Carmen la ve, tiene la segunda sorpresa: "¡es la joven del vestido rojo y de los tacones altos de Medellín y del aeropuerto!"

---

1 einsam

–A ver, ¿dónde está el collar de esmeraldas? ¿Quién lo tiene? –pregunta el hombre joven y delgado.

–Pues, lo tiene el perro –explica el hombre gordo y se acerca a doña Carmen–. Muchas gracias, señora. Nos ha ayudado mucho.

–¿Yo?, ¿qué he hecho yo? –doña Carmen tiene en brazos a Fifí que está muy inquieta.

–Marcela –dice el hombre gordo y mira a la joven–. Tú eres la especialista. A ti no te va a morder[1].

–A ver, perrita, ven –Marcela se acerca a doña Carmen que tiene a Fifí. Con un movimiento rápido sujeta al animal por el hocico[2]. El hombre gordo le quita a Fifí el collar[3] que está debajo del pañuelito azul.

"¿El collar de Fifí? Pero ese collar tiene otras piedras… no son las piedras de strass… Éstas son piedras preciosas[4]: ¡son esmeraldas!", piensa doña Carmen asombrada, "¿cómo es posible?"

–¡Por fin! –grita con entusiasmo[5] el hombre gordo–. ¡Ahora somos ricos, millonarios, Marcela!

–¿Y qué hacemos con ella y con la perrita? –pregunta el taxista y mira a los otros dos hombres.

–No lo sé todavía. Hay que encontrar una solución. Ella nos ha visto –dice el hombre delgado.

–Tengo una pregunta –dice doña Carmen–. ¿Cómo han hecho para robar el collar y ponérselo a Fifí?

–En el Museo del Oro. Allí está prohibido entrar con perros, ja, ja, ja. Sacar el collar del museo es fácil, tenemos nuestros contactos. El problema es traerlo a Europa. Y para eso están los turistas y las perritas con pañuelito azul… ja, ja. Pero basta de hablar ahora. ¡Vamos, señora!

Ahora están en una habitación más pequeña. Fifí corre y ladra. El hombre sale y luego cierra la puerta con llave: clic, clic.

"Secuestradas: ella y Fifí", piensa doña Carmen.

---

1 wird dich nicht beißen 2 packt Fifí an der Schnauze
3 Halsband 4 Edelsteine 5 Begeisterung

Capítulo 8

En la habitación no hay muchos muebles. En la pared a la derecha de la puerta, debajo de la ventana, hay una cama. En la pared izquierda hay una pequeña biblioteca con bastantes libros. En el centro, una mesa y dos sillas. Encima de la mesa hay un periódico.

Doña Carmen ve la reja de hierro forjado[1] delante de la ventana. Es imposible huir[2].

–Lo sé, Fifí, quieres salir de aquí. Yo también. Estamos en peligro, amiga –dice doña Carmen y acaricia a su perrita. Luego se acerca a la puerta para escuchar la conversación de los secuestradores[3] en la sala.

–Bueno –dice una de las voces–, ¿qué hacemos con ella?

Doña Carmen reconoce la voz: es la del falso taxista.

–Tenemos que matarla[4] –continúa.

–¡No, no! –grita la joven–. ¡Robar joyas es una cosa, matar es otra!

–Ella nos ha visto. Es un problema.

–Calma, calma –es la voz del hombre delgado.

–¿Y si la dejamos aquí y nos vamos con las esmeraldas? –continúa la joven.

–¿Por qué no? Esta casa está a más de un kilómetro del pueblo. Nadie puede oír sus gritos[5]. Mañana podemos irnos y dejarla encerrada[6] aquí. Pero, bueno, ahora no podemos hacer nada. Vamos a esperar hasta

---

1 schmiedeeisernes Gitter   2 fliehen   3 Entführer   4 sie töten
5 ihre Schreie   6 eingesperrt

mañana –continúa el hombre delgado, que es el jefe de la banda.

"Estoy en peligro", piensa doña Carmen, "mi situación es muy seria[1]".

En la sala se oye la televisión y ya no se entiende la conversación de las personas.

Doña Carmen tiene miedo[2].

Unos minutos más tarde se abre la puerta y la joven entra con una jarra de agua y un bocadillo de jamón.

–Oiga, necesito ir al lavabo y mi perra tiene que salir al jardín.

–Bueno, pero nada de trucos[3], ¿eh? –dice Marcela.

En el lavabo, doña Carmen observa todo. Aquí tampoco es posible huir: la ventana también tiene reja.

Deprimida vuelve a su habitación acompañada de la joven. En la mesa de la sala está el collar de esmeraldas.

"¡He ayudado a pasar por la aduana las piedras robadas! ¡Dios mío! ¡Qué ironía! Yo, la madre del comisario jefe…", piensa.

La puerta se cierra. Otra vez oye el clic, clic de la llave.

Doña Carmen sólo bebe un poco de agua. No tiene hambre. Fifí come el bocadillo.

"Tengo que encontrar una solución", piensa. "Mañana puede ser mi último día."

---

1 ernst   2 hat Angst   3 keine Tricks

Capítulo 9

Carlos tiene miedo. Está seguro de que ha pasado algo. Son las ocho, y hasta ahora no sabe nada de su madre. Llama otra vez a la oficina.

–Dígame.

–Hola, Pedro. Soy yo, Carlos.

–Hola, jefe.

–¿Ha llamado mi madre?

–No, no ha llamado todavía.

–Tienes que hacerme un favor[1]. Es necesario organizar su búsqueda[2]. Primero tienes que ir a su casa y si no está allí tienes que…

–Pero, jefe, el robo de las esmeraldas es muy importante. Interpol necesita mi ayuda.

–¡Es una orden[3]! –grita el comisario Carlos Cuervo por el móvil–. Te llamo más tarde. Adiós.

---

1 einen Gefallen tun   2 Suche   3 Das ist ein Befehl!

Capítulo 10

Son más de las once de la noche. Doña Carmen tiene una idea. Es su única posibilidad. Los ladrones tienen su móvil pero ella tiene a Fifí.

De su bolso de mano toma un bolígrafo. Ahora necesita papel. "¡Ah, el periódico!", piensa.

En la sala oye la televisión y de vez en cuando las voces de los secuestradores. Nadie habla de ella en este momento.

Doña Carmen escribe:

¡SOCORRO[1]! Estoy secuestrada en una vieja casona no muy lejos del pueblo. Son cuatro personas con pistolas. Tienen esmeraldas robadas[2] en Colombia.

CARMEN SEGURA

Doña Carmen se quita su cadena de oro[3] y con ella sujeta el papelito al cuello[4] de Fifí.

Luego toma a la perrita en sus brazos y habla en voz muy baja[5]:

–¡Corre, Fifí, corre! Tienes que buscar gente y ladrar mucho.

Fifí es pequeña y delgada y puede pasar por la reja de la ventana. La perrita salta y desaparece[6] sin hacer ruido en la oscuridad[7] de la noche.

---

1 Hilfe! 2 gestohlen 3 Goldkette 4 Hals
5 spricht sehr leise 6 verschwindet 7 in der Dunkelheit

Doña Carmen tiene miedo, mucho miedo. "Si los secuestradores entran y ven que Fifí no está…" Intenta mantener la calma. Toma una silla y la pone detrás de la puerta. Nadie puede entrar en su habitación. Luego apaga la luz y se sienta delante de la mesa.

"Ahora sólo tengo que esperar", piensa, "todo depende de Fifí."

Una hora después, la casona está en silencio. Todos duermen. Doña Carmen no.

Capítulo 11

Fifí corre y corre. Aún en la oscuridad recuerda el camino. Después de algunos minutos llega al pueblo. En la plaza hay un grupo de chicos que charlan y beben cerveza. Fifí les ladra.

–Eh, eh, tranquilo, perrito –dice uno de los chicos–. A ver, a ver, ¿qué te pasa?

Fifí ladra y ladra y se deja acariciar[1].

–¡Un papelito! ¡Oh, el perro tiene un mensaje! –el joven lee con interés el papel de doña Carmen.

–¿Vienes conmigo, perrito? Éste es un problema para la Policía. Juan, Santi, vuelvo en seguida –dice a los otros chicos del grupo y se va rápido a la comisaría.

La sirena de la Policía rompe el silencio[2] de la noche. Está cada vez más cerca: "Tatu tataaa, tatu tataa…"

Doña Carmen, que se ha dormido, se despierta.

En la sala se oyen voces. Las personas caminan y hablan. Todos están nerviosos.

¡La Policía! –grita el hombre gordo–. Tenemos que salir de aquí. ¡Marcela, el collar! ¿Marcela? ¿Dónde está Marcela?

–No está –dice el taxista. Y el collar tampoco. ¡Se ha ido sin nosotros y se ha llevado las esmeraldas!

Por la ventana, doña Carmen ve la luz azul de un coche delante de la casona. "¡Por fin!", piensa.

---

1 lässt sich streicheln   2 bricht die Stille

–Aquí habla la Policía: ¡La casa está rodeada[1]! ¡Salgan con las manos en alto[2]!

Los tres hombres salen. Un policía entra en la casona para rescatar[3] a doña Carmen que todavía está encerrada.

En el asiento trasero[4] del coche está sentada Marcela. La Policía la ha detenido en la carretera por conducir demasiado rápido. Fifí ladra y salta alegremente cuando ve a doña Carmen.

Unos minutos más tarde, la pesadilla[5] ha terminado.

El subcomisario Pedro Lento está muy contento. Ha resuelto dos casos: ha encontrado a la madre del jefe y ha ayudado a Interpol. Ahora tiene las esmeraldas en la mano. Bueno, en realidad han sido doña Carmen y Fifí… pero el perro no puede hablar.

---

1 umstellt   2 Kommen Sie mit erhobenen Händen heraus!   3 befreien
4 Rücksitz   5 Albtraum

Capítulo 12

La familia está reunida en casa de doña Carmen. Todos hablan y acarician a Fifí.

–Has tenido mucha suerte, mamá.

–¿Suerte? Sí, un poco. Lo más importante es que tengo a Fifí, ¿no crees?

–Interpol tiene el collar de esmeraldas robado en el Museo del Oro de Bogotá. Es una banda internacional de ladrones profesionales con muchos contactos. Los turistas como tú, mamá, pasan las joyas por la aduana sin saber lo que llevan.

–¡Qué horror! –exclama doña Carmen–. Creo que necesito un anís. Y mañana…

–Mañana, ¿qué? ¿Otra aventura, mamá? –suspira el comisario.

–No, no, mañana Fifí y yo vamos a comprar un nuevo collar, ¿verdad, Fifí?

–¡Guau, guau!

Actividades

Capítulo 1

1 Señalar la opción correcta:

a) Medellín es una ciudad de…
   México. ☐
   Colombia. ☐
   España. ☐
b) Medellín tiene…
   una playa bonita. ☐
   un museo famoso. ☐
   una exposición de orquídeas conocida. ☐
c) Un tinto en Colombia es…
   un vino. ☐
   un café solo. ☐
   un color. ☐
d) Doña Carmen está en Medellín…
   en viaje de negocios. ☐
   para comprar orquídeas. ☐
   para visitar a una amiga. ☐

Capítulo 2

2 Unir los contrarios:

1) ir a	a) ser delgado
2) estar de pie	b) ser desconocido
3) entrar	c) estar cerca
4) estar lejos	d) salir
5) ser aburrido	e) ser interesante
6) ser alegre	f) estar sentado
7) ser gordo	g) aterrizar
8) ser famoso	h) venir
9) despegar	i) ser triste

3 Completar las descripciones con los adjetivos correctos en la forma adecuada:

bonito, famoso, gordo, alto, nervioso, impresionado, interesante

a) El Museo del Oro es muy ….. y…..
b) Doña Carmen está …..
c) La chica joven es …..
d) Ella está …..
e) El señor es ….. y …..

Capítulo 3

4 Contestar a las siguientes preguntas:

a) ¿Dónde está ahora doña Carmen?
…………………………………………………………………………
b) ¿Cómo se llama el aeropuerto de la capital colombiana?
…………………………………………………………………………
c) ¿Cómo va doña Carmen al aeropuerto?
…………………………………………………………………………
d) ¿Qué hace en el aeropuerto?
…………………………………………………………………………
e) ¿Quién entra en los servicios después de doña Carmen?
…………………………………………………………………………
f) ¿Por qué ladra Fifí?
…………………………………………………………………………
g) ¿Adónde vuela doña Carmen?
…………………………………………………………………………

Capítulo 4

5 Colocar las preposiciones adecuadas: a, al, a la, de, del, por, en

1) El avión va …. aterrizar …. Madrid.
2) Doña Carmen baja …. avión.
3) Doña Carmen vuelve …. ver …. pareja …. Medellín.
4) Ellos también han viajado …. Europa.
5) Doña Carmen pasa …. la aduana.
6) Doña Carmen sale …. aeropuerto.
7) Ella se dirige …. primer taxi.
8) El taxista mete la maleta …. el maletero.
9) El taxi entra …. un camino pequeño.

Capítulo 5

6 Formar frases con los siguientes elementos:

Carlos y Pilar	helados.	comen

Javier y Jimena	regresa hoy	está con su mujer y sus hijos

en Santander.	El comisario Carlos Cuervo	unas cañas.

toman	de Colombia.	Doña Carmen

....
....
....
....

33

Capítulo 6

7 ¿Las siguientes informaciones son correctas o falsas?

	Sí.	No.
a) El subcomisario Pedro Lento es alto y delgado.		
b) Pedro Lento está de buen humor.		
c) El comisario Carlos Cuervo llama porque tiene un problema.		
d) En la oficina hay una brisa fresca.		
e) Doña Carmen está en casa y duerme la siesta.		
f) Interpol busca a una banda de ladrones internacionales.		
g) Ha desaparecido un collar valioso del museo.		
h) Doña Carmen ha hablado con Lento.		

Capítulo 7

8 ¿Qué resumen del capítulo es correcto?

a) El taxista lleva a doña Carmen a una vieja casona lejos de la ciudad. Allí la esperan dos hombres y una mujer. Ellos quieren el collar de esmeraldas robado que tiene Fifí en el cuello debajo del pañuelito.

b) El taxista lleva a doña Carmen a su casa de campo. Ella está muy contenta porque tiene el collar de esmeraldas. Doña Carmen y Fifí duermen la siesta.

Capítulo 8

9 **Dibujar la habitación de la casona donde está doña Carmen.**

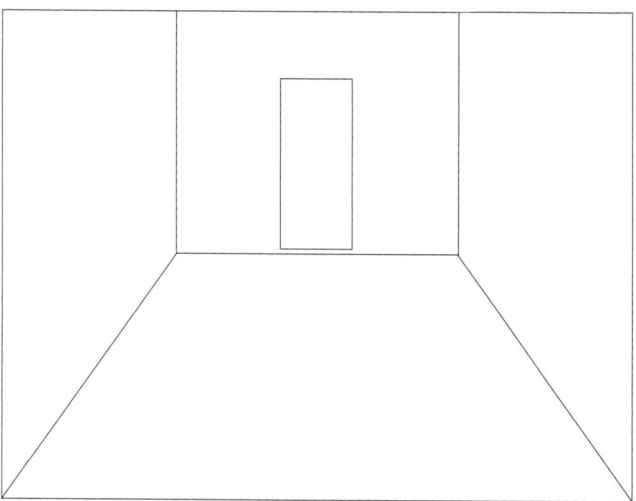

Capítulo 9

10 **Contestar a las siguientes preguntas:**

a) ¿A quién llama Carlos Cuervo por teléfono?

....

b) ¿Por qué tiene miedo el comisario?

....

c) ¿Qué problema tiene el subcomisario Pedro Lento?

....

Capítulo 10

11 ¿Qué afirmaciones son correctas?

a) Doña Carmen tiene una idea. ☐
b) Fifí se escapa por la ventana. ☐
c) Doña Carmen llama por el móvil a su hijo. ☐
d) Doña Carmen escribe un mensaje en un papelito. ☐
e) Los secuestradores entran y ven que Fifí no está. ☐

Capítulo 11

12 ¿Qué resumen del capítulo es correcto?

a) Doña Carmen no ve nunca más a Fifí. ☐
b) La Policía llega a la vieja casona. ☐

13 Escribir la palabra correcta en el crucigrama. En la columna sombreada se ve después el nombre de una persona de la novela.

1) La Policía dice: "¡Salgan con las .... en alto!"
2) El coche de la Policía tiene una luz ....
3) En la noche se oye la .... de la Policía.
4) Las esmeraldas son piedras ....
5) Los chicos no beben vino sino ....
6) Hacer "guau guau" es ....
7) Correr es ir muy ....

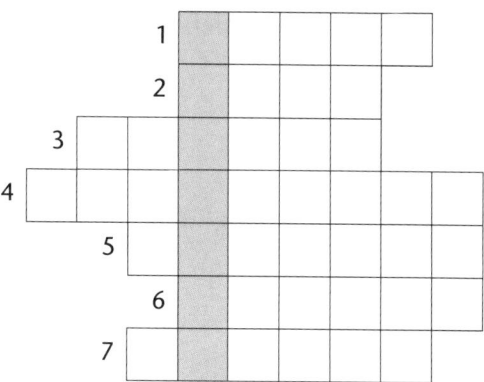

Capítulo 12

14 Ordenar los capítulos.

a) Doña Carmen está con su familia y Fifí en su casa. ☐

b) La Policía llega a la vieja casona. ☐

c) Los secuestradores no saben qué hacer con doña Carmen. ☐

d) En Madrid ella pasa por la aduana con todo su equipaje sin problemas. ☐

e) El comisario Carlos Cuervo está de vacaciones. ☐

f) Doña Carmen escribe un papel. Fifí busca ayuda. ☐

g) Doña Carmen sube a un taxi que la lleva a una vieja casona. ☐

h) En el aeropuerto El Dorado doña Carmen ve a la joven de la exposición. ☐

i) El comisario pide ayuda a Pedro Lento. ☐

j) El subcomisario tiene que ayudar a Interpol. ☐

k) Doña Carmen está en Bogotá y va a visitar el Museo del Oro. ☐

l) Doña Carmen visita con su amiga la exposición de orquídeas. ☐

15 Ordenar las palabras del cuadro de abajo por temas:

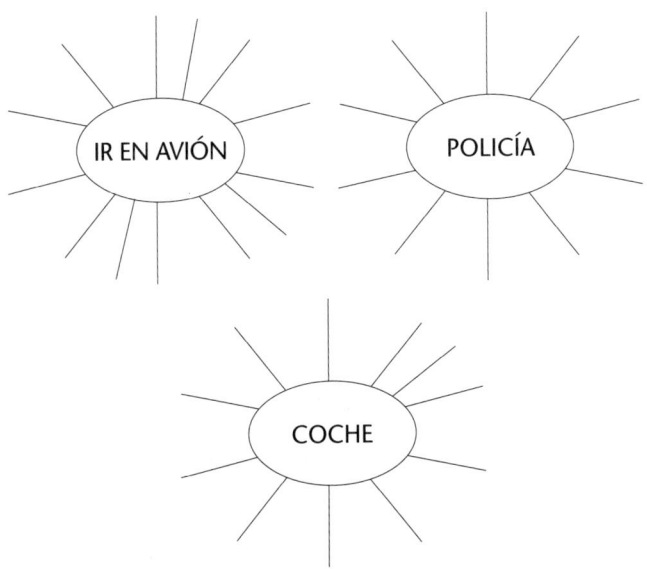

FACTURAR	PUERTA (2x)
JEFE DE LA BANDA	ASIENTO (2x)
CINTA TRANSPORTADORA	MALETA (2x)
TARJETA DE EMBARQUE	AZAFATA
ARRANCAR	LADRONES INTERNACIONALES
ESPEJO RETROVISOR	EQUIPAJE (2x)
VENTANILLA (2x)	VIAJE (2x)
SISTEMA DE ALARMA (3x)	ROBO
APUNTAR CON UNA PISTOLA	DISPARAR
DETENER	MALETERO
PELIGRO	AMENAZAR
CINTURÓN DE SEGURIDAD (2x)	AEROPUERTO
SECUESTRO	VUELO

Soluciones

| 1 | a) Colombia
b) un museo famoso
c) un café solo
d) para visitar a una amiga

| 2 | 1h; 2f; 3d; 4c; 5e; 6i; 7a; 8b; 9g

| 3 | a) famoso e interesante, *oder*, interesante y famoso
b) impresionada
c) bonita
d) nerviosa
e) alto y gordo

| 4 | a) Doña Carmen está en el aeropuerto de Bogotá.
b) Se llama El Dorado.
c) En un taxi.
d) Espera a su vuelo para Madrid, va a la cafetería, se toma un tinto y va a los servicios.
e) La joven del vestido rojo.
f) Porque reconoce a la joven.
g) Doña Carmen vuela a Madrid.

| 5 | 1) a, en; 2) del; 3) a, a la, de; 4) a; 5) por; 6) del; 7) al; 8) en; 9) en

| 6 | Carlos y Pilar toman unas cañas.
Javier y Jimena comen helados.
El comisario Carlos Cuervo está con su mujer y sus hijos en Santander.
Doña Carmen regresa hoy de Colombia.

| 7 | sí: c, f, g; no: a, b, d, e, h

| 8 | a

| 10 | a) Carlos Cuervo llama al subcomisario Lento.

b) Porque no sabe dónde está su madre.
c) Su jefe está de vacaciones y él tiene mucho trabajo.

11 Afirmaciones correctas: a, b, d

12 Resumen correcto: b

13

		1	M	A	N	O	S	
		2	A	Z	U	L		
	3	S	I	R	E	N	A	
4	P	R	E	C	I	O	S	A	S
		5	C	E	R	V	E	Z	A
		6	L	A	D	R	A	R
	7	R	A	P	I	D	O	

14 Orden correcto de los capítulos: 1l; 2k; 3h; 4d; 5e; 6j; 7g; 8c; 9i;10f; 11b; 12a

15 Orden de las palabras por tema:

IR EN AVIÓN: cinta transportadora; tarjeta de embarque; azafata; maleta; equipaje; facturar; vuelo; viaje; aeropuerto; cinturón de seguridad; ventanilla; asiento; puerta; sistema de alarma
POLICÍA: peligro; detener; robo; secuestro; disparar; amenazar; sistema de alarma; jefe de la banda; apuntar con una pistola; ladrones internacionales
COCHE: espejo retrovisor; ventanilla; maletero; cinturón de seguridad; asiento; puerta; arrancar; viaje; equipaje; maleta